KB098222

꿈꾸는 흙

J.H CLASSIC 069

꿈꾸는 흙

김현지 시집

지혜

시인의 말

앞만 보고 달릴 때보다
멈춰 서서
뒤돌아 볼 때가 좋았다

펜데믹에 밀려 찾아든 翠雨山
그 아래에서 멈춤,
오래 멈춰 서서 뒤돌아보았다

거기
내 詩의 발원지
포시라운 햇살아래
흙덩이 밀고 나올 준비를 하는 새싹들,

내가 새싹이던 때를
오래
들여다보았다

신축 년 입춘 무렵
취우당翠雨堂에서 金 炫 志

5

차 례

1부

2부

3부

4부

5부

• 일러두기
한 연이 첫 번째 행에서 시작될 때는 > 로 표시합니다.

1부

별은 사랑의 동의어

천년에 한 번씩

천체에서 사라져 버린다는 두 개의 별

천문학자도 찾지 못한다는 별들이 지상에 내려와

사랑하는 사람의 눈빛에 스미어 오직

사랑에 눈 먼 사람만 볼 수 있다는 그 별

꼭두서니 덤불 속, 까만 씨방으로 숨은 별

찾으러 간다, 눈 먼 내 사랑 찾아 길 나선다

암호로도 남지 않은 저 먼 날의 흔적

반짝, 새벽별로 떠올라 나에게만 보이는

내 별 하나, 네 별 하나,

기슭

　강, 너도 그러했을 것이다

　흐르다 흐르다 지쳐 바위틈에 잠들기도 하고 때로는 언덕에 기대어 웅얼웅얼 할 말 못할 말 다 풀어 놓고 깊은 소를 이루며 맴돌기도 하였을 것이다

　곧게 흐르다 구비치다 더러는 앞산 내를 만나 어깨동무하다가 어느 듯 굽은 산야를 돌아 돌아 여기까지 오는 동안 산의 옆구리를 자주 헤집기도 하였을 것이다

　기슭을 돌다가 내가 그대를 만났듯이

　골짜기를 타고 내려온 빛줄기와도 사랑에 빠지거나 어느 날은 또 뜨겁게 몸을 열고 한바탕 뻐꾸기 울음 품어 보기도 하면서 골짜기마다 아래로만 내리는 비의 손을 붙잡고 잠 든 척 긴 밤을 혼자 운적도 있었을 것이다

　억수비 쏟아지는 날 가만히 등 구부려 하혈하듯 황톳물에 두 발 담그고 저벅저벅 산기슭을 돌아 나가는 강, 강, 오늘도 내 기슭을 한사코 훑고 가는 강아, 푸르렀던 내 강물아,

꽃 지는 시간

으깨지고 문드러져야 산다

삭혀야 우러나는 장 맛 같은
토하젓 같은,

봄이 바람 난 산 비알
금낭화 여린 분홍이 비바람에 으깨진다
어깨 내리고 발목 꺾인 채 주저앉는다.

향으로 거듭나기…
씨앗 하나 머금기…

혼신을 삭히는 저 꽃들 속으로 스며들어
꽃 따라 지고 싶은 봄, 봄, 봄,

거꾸로 보는 세상

거꾸로 선 나무들이 일렁일렁
구름사이로 흔들리고 있는
송광사 가는 길, 녹조 짙은 계곡

물길 속에 나를 내리고
일렁여오는 산사의 종소리도 물속으로 내리고
거꾸로 걷는 사람들을 따라 걷는 늦가을 단풍 길

물그림자 사이로 낙엽들 둥둥 휘 내려 떠도는
저기가 무량겁 꿈속이라면

이승의 끝은 너무 멀거나 가깝거나
저 높은 산꼭대기거나 발밑이거나

마주 보이거나 아주아주 보이지 않거나,

비의 몸

비의 몸속으로 들어가 보았어요 애타게
비를 기다리는 동안 북어가 되어버린 내가
비의 품속으로 성큼 다가가 안기자
실핏줄 파르르 살아나 온 몸에 생기가 도네요

비의 몸은 따스하고 서늘하여 내 뜨거운 사막을 흥건히 적셔
꽃들을 피웠어요 색색 늘어지고 휘어지는 넝쿨 꽃, 술래 술래 굴
러가는 수레 꽃, 하얀 옥잠화의 입술을 더듬어 가던 비의 촉수가
파랗게 뻗어가 계곡이 되고 폭포가 되었어요 내 안에 말라있던
개여울이 찰랑찰랑 차올라 숨어있던 은어 떼가 지느러미를 펼쳐
물장구를 치네요 비의 몸이 점점 크게 둥글어지더니 출렁출렁
내 몸을 춤추게 하네요

밤 깊어 그 빗물 속으로 얼비치는 그림자 따라
파란 우산을 쓰고 동 동 동 떠 갈 때

그 때 나는 비로소 내 마음과 똑같은 비의 마음을 보았어요

모죽 이야기

사방으로 오솔길 내어놓고

주춧돌에 기둥 세워 서까래까지 얹어

아기 방 하나 만드는데 수 십 년이 걸린다

어느 생명인들 아기 방 먼저 만들지 않으랴

일만 번의 종소리,
일만 마리 물고기 되어

일만 개의 바윗돌 위로 일만 개의 종소리 날아오르네. 먼 바다로부터 미륵불 따라온 일만 부레들 너덜을 타고 오른 만어산*, 일만의 종소리 따라 내가 날으네 일만 물고기 따라 내가 흐르네.

우 우 억수 비 쏟아지는 하늘 향해 우억우억 기어오르는… 천둥소리에 부딪쳐 까무러치듯 빗줄기에 잠기는 일만의 아가미 사이로 물갈퀴 사이로…

댕댕 내 몸에서 나는 내 종소리, 내 몸에 돋아난 은빛지느러미 흔들며 흔들며… 일만의 바다, 일만의 미륵불이 일어서는 안개 사이로 일만 한 번째의 물고기 되어, 종소리 되어 내가 흐르네

* 밀양시 단장면과 삼랑진읍에 걸쳐있는 산.

환생

마른 장미 잎을
찻잔 속에 넣고 물을 붓는다

뜨거운 물방울이 장미의 옷깃을 적셔 들어가자
오롯이 되 살아 나는 장미향,

장미는 저 혼자 초여름의 절정을 기억한다

내가 꽃이었을 때
내가 꽃의 새 순이었을 때, 꽃의
암술 수술 노랗게 벙글어 가던 한 때의
순간을 기억해 낸 장미의 붉은 문신이
내 입술을 스치자
목덜미에 분홍가시가 돋아난다.

한겨울 눈보라 울타리를 넘어 들어와
넝쿨째 피어나는 장미, 송이 송이들…

꿈꾸는 흙

― 달항아리의 꿈

빛도 어둠도 몰아낸 고행의 숯굴 속

구백, 천 숨 막히게 타 올라

연기마저 산화한 무형의 시간

차라리 황홀했습니다

뼛속에 다진 마지막 말도

한낱 불순의 무게

제 모습 버린 뒤에야 만나는

제 이름 지운 뒤에야 보이는

마알간 목숨의 결정潔淨

꿈꾸는 자유만 허락하십시오

묵향

까만 대나무 잎새들이 수런수런 얼굴을 부비며
부싯돌을 켠다
어둠이 서로의 몸을 부비다가
번쩍 달빛을 밀어 올린다

아래로 흐르는 습성은
바람이나 빗줄기나 다 같은데
달빛타고 치올라 오는 저 어둠은
허공에다 수묵화 한 점 걸고 싶은가 보다

가슴 한 쪽 꺼내 놓고
옷깃 풀어 헤쳐 놓고 붓질이야
바람에게 맡기기로 하지
댓잎을 빛나게 하는 건
치밀하게 여백을 배치하는 일

사르락 사르락
화선지에 번지는 묵향이 댓잎사이로 스며들어
비를 부른다, 가뭄 끝을 흔드는 저 빗소리
청아한 빗소리가 창을 치고 들어와
먹물에 몸을 담글 때,

詩 쏟아지것다

초가지붕 위를 굴러
댓돌위로 똑똑 떨어지던 빗방울들

하얀 나비고무신 툇마루에 올려놓고
진종일 비 걷는 길 지켜보던
봄비속의 앞마당

방울방울 물방울 집 동동 떠가던
비의 길
비들이 가는 길 따라 흐르다 흐르다 다다른
봄 강변

"詩 쏟아지것다 그런 곳에 살면…"

해 뜨면 햇볕 쏟아지고
밤 오면 별 쏟아지는 산골

먹구름사이로 소낙비 쏟아진다
강의 뱃살이 점점 두둑해지고 있다

쉽게 쉽게 그러나 바르게
― 托卵

낚싯줄 뿌려 물가에 드리우나
바람가지에 걸치나
건져지는 건 모두 잔챙이들뿐이라
그냥 확 풀어 놓는다

쉬운 건 더 쉽게
어려운 건 더 더 쉽게

그래도 그래도
오목눈이 둥지에 탁란해 놓고
온 여름 산을 뻑뻑 울어대는
저 뻐꾸기처럼은 살지 말아라

제 피 제가 거두고
제 이름 제가 다듬어야 하느님도 좋아하신다

2부

참 사랑은 백치 같아야

그 마음속 물샐 틈 없는 사랑이면 온다

그 마음 명경같이 맑으면 기어이 온다

잊지 않았으면,

잊히지 않았으면 언젠가는 꼭 온다

마음밖에 사립문 열어놓고

가슴속 복사꽃 이지러질 때까지

백치처럼 아둔하게

춘향이 마음처럼 일편단심이면 온다

그래, 그래, 그 마음 천지간에 그대로

죽어도 한 마음이면 그 사랑 다시 온다.

흙에 대한 추억

멍에에 눌려 털이 벗겨져 나간 암소의 목덜미에 아버지는 애썼다, 애썼다, 하시며 물에 으깬 황토를 처덕처덕 발라 다독여 주셨다. 또 어느 날은 가위눌려 자주 헛것을 보는 어린동생의 입에 황톳물 가라앉힌 웃물 한 모금씩 떠 넣어 주시며 명약이다 이 황토가 명약이니라, 하시었고 늘 병약하여 이질 곽란 잘 일으키던 나에게는 곱게 가라앉힌 동벽토東壁土 한 모금씩 마셔보라고, 도리질치는 나를 어르곤 하셨는데 오랜 세월 지나 동의보감을 들여다보다가 알았다. 호연토, 서벽토, 호황토, 도중열진토, …수십 가지의 흙들이 사람의 병을 다스리는데 공헌하고 있었던 것을, 아버지의 명약처방 때문인지 나는 가까스로 허한 속을 다스리며 지금껏 살아있고 이즘에 와선 황토방 황토벽을 선호하게 되었으니…봄이 오면 아버지 무덤위에 붉은 황토 한 바지게 뿌려 드려야겠다

순방향의 역주

파란 화살표 따라 걷다가
빠알간 역주행 표지판을 만났다
어디서부터 경로이탈,
얼마를 더 걸어온 것인가

내 생의 길들이 줄곧
순방향이던 적 있기는 했던가

마냥 걷고 걸어도 되돌아 올
넉넉한 시간 있었던 날은
해 저물어도 두렵지 않았다

사통팔방이
다 길이었던 젊은 날엔 해 기울어도
돌아 올 길, 길게 남아있었다
꽃별 뜨던 밤
온몸 파랗게 청춘이던 날

대나무의 法

키 자라 흔들거리는 죽순들이 하늘에다
기러기 부리 같은 갈색 붓끝을 흔들며
그림을 그린다 竹 ..竹 ..竹,

초여름의 대숲, 화법畵法을 익혀가듯
묵직한 어린것들 곧은 붓대의 필봉이 미풍에 흔들려
원을 그리다 다시 곧은 획을 그어댄다
교차하는 댓잎끼리 父, 父, 父,

비우되 단단해지는 법을 아는 것이 대나무의 法이므로
그 법대로 살아야할 대나무의 말도 숨소리도
곧고 단단해야 하므로

태어난 그 몸피대로 한 생을 살다가는 무욕의 한 살이

대나무들 뿌리 단단히 여미고 서서
흔들리되 꺾이지 않는 법을 죽순들에게 설設하고 있다

텅 비었다

걸출한 선각자들이 수도 정진하였다는
전남 구례의 사성암,
벼랑위의 절집은 아슬하다 못해 갸웃해진다.

선정에 든 원효가 손톱으로 그렸다는
마애여래입상을 기웃대다가 도선국사가
수도 정진하였다는 도선굴을 허리 굽혀 지나보는데
그냥 텅 비었다

너무 많은 것을 읽으려하는 나에게
그냥 텅텅 빈 소리만 보여주는 비탈 한 쪽
수령 800 이란 명찰을 단 귀목나무
살면서 점점 몸피 굵어지고 가지 늘어져
괴목槐木이 된 나무는
나이를 품지 않아 그냥 휘여청 한데
몸통에서 목탁소리가 난다

어쩌면 저 괴목도 목탁처럼 속이 텅 비었을지

늦가을 등고선

햇볕 아래 뜨겁게 달궈지던 바위들이
가만히 돌아 앉아 등을 내 보이고 있다

나도 건너 편 산에게 내 굽은 등을
곱다시 내보이며 산을 오른다

등 뒤의 바위들이
제 나이만큼의 돋보기를 꺼내들고
내 등의 단면을 유심히 읽고 있다

꼼짝없이 들키고 만 내 살아온 날들
살아갈 날들 환히 다 들여다보이는

늦가을 가랑잎 손금같은
내 안의 굽은 등고선

거미

동그랗게 몸 구부리고 허공에 밭을 가네

반짝이는 집 한 채 나뭇가지에 걸어놓네

사방에서 하루살이 날아와 밥상머리에 앉네

하루살이,

하루만 살아도 수수 백년

백년을 사는 사람도 때로는 하루살이

허공에 집 한 채 짓고 망망대해

노을빛 부시게 노 저어가는 거미의 은빛투망

유월

내가 겪은 듯이, 내가 칼 맞은 듯이
전쟁터에서 다치거나
바다에 풍덩 빠져 가라앉았듯이
그렇게 잊혀졌듯이
모든 있을 수 있는 상황들이
나를 스쳐가거나 머물거나 하듯이

고추모종에 비리 붙듯
털어낼 수 없는 슬픔들이
먹먹하게 사방으로 고여 오는 유월

이 시대 아이들에게 역사란
자막을 스쳐가는 묵은 풍경과도 같아서
강 건너 저쪽 남의 이야기일 뿐,
유월을 견딘 나무들만 해마다 아프다

내가 칼 맞은 듯이
내가 물에 빠져 죽은 듯이 숙연해져야지
그날 그 시간에 내가 거기에 있었듯이
피 흘리며 쓰러져 있었듯이…

천수관음千手觀音

부처님 오신 날
산으로 절로 나들이 가는 사람들
드문드문 떡을 사는 반월떡집 아침풍경이 밝다

떡 방앗간 쪽방에서 쪽잠 자며
새벽마다 혼자서 떡을 빚는 내 친구 끝연이는
손 하나가 없다. 어느 젊은 날
방앗간 피대가 앗아간 왼손
그 왼손이 되어줄 아무도 곁에 없다.

"적응이 되더라 아무것도 못할 것 같더니만 어찌어찌하다보
니 한 손으로도 되더라 시집와서 이날까지 눈물로 빚어낸 떡가
래가 만리장성인데, 바쁠 때는 손이 열 개라도 모자랄 판에 남편
도 자슥도 먼저 보낸 팔자가 호구지책 놓지 못하는 이 떡방앗간
내력, 어찌 필설로 다 하것노…"

초파일 늦은 오후
연등그림자 화사히 흔들리고 있는 절 마당
천수관음으로 현신現身한 끝연이를
불두화佛頭花가 환하게 감싸 안았다

참, 참, 참,

참매미 참꽃 참나리 참나물 참사랑…
참, 이라는 한 글자를 앞세우면
속이 썩은 과일도 싱싱한 향내를 풍기며 다가온다

참붕어 참깨 참으아리,…
선악을 가리듯 참, 참, 참, 다투어 앞세우는
참 넘치는 길목에서

내가 나에게 묻는다.
나는 참 시인인가? 하고

눈, 사람

아침나절 만들어 세운 눈사람이 햇살 내려 비치니

눈썹 하나 뚝 떨어지고 코가 기우뚱 흘러내린다.

방긋 웃던 입술도 일그러졌다

녹는다. 햇살에,

눈사람에게도 영혼이 있어 어디 먼 길 가려하는지

방울방울 물방울 되어 대지로 스미는 눈사람의 몸

봄눈 오는 날 꽃상여 타고

눈사람처럼 사라져간 어린 날의

내 할머니 주름진 미소 눈꽃으로 흩날려오는 산야

나풀나풀 눈 나비되어 날아오르는 눈사람의 혼령

가을 초대

그대 오시게

다과 한상 조촐히 차려 두었으니
대문 중문 다 열어 두었으니

마당가에 드문드문 놓인 댓돌
하나 둘 밟아 들면
매무새 좋은 그네 한 쌍
매어져 있으니

산봉우리 감도는 새털구름
골짜기 내려서는 산들바람 목에 두르고
휘파람, 휘파람 불면서 그대 오시게

옥색 두루마기 꽃 대님 매고
곱게 물든 산국山菊 한 아름 꺾어들고

그대 천천히 서둘러 오시게.

이팝꽃 필 무렵

보리누름의 하루해는 길고도 멀었다
툇마루 끝에 나란히 걸터앉아
쑥버무리 빈 소쿠리 더듬어 보다가
살금살금 골목길 돌아 풀밭으로 가는 아이들, 초록 풀밭에

바알간 민머리 내밀고 나 먹어봐! 유혹하는
뱀딸기 한주먹 따 먹고는 우루루 보리밭으로 달려가
새까만 보리깜부기 쑥쑥 뽑아 먹고는
개울가로 달려가 첨벙첨벙 손을 씻고 얼굴을 헹군다

어른들은 아무리 배가 고파도 절대로 절대로 뱀딸기랑 깜부기
는 먹지 말라고 하느님처럼 이르셨는데 이제 어쩌나 무화과를
따 먹은 아담과 이브처럼 스멀스멀 부끄럼이 돋아난 아이들, 네
얼굴에 깜부기 묻었네 네 손바닥에 뱀딸기 묻었네,…우물가로
달려가 물 한바가지 벌컥벌컥 들이키고는 사립문에 기대어 장터
로 간 어른들을 기다린다

서녘해가 아직 서너 발은 남아 있는데
아무래도 쌀밥이 되지 못하는 이팝꽃이 너홀너홀
산기슭을 흔들고 있는데…

3부

상사화相思花

그 모습 딱 한번만 마주 보자 해도

가을을 건너 가버린 꽃들은 돌아 서지 않아

잎은 꽃 피던 날의 기억도 아예 지우기로 한다

사랑은, 어느 날 황망히 다가오는 것

가슴에만 담아 두기 버거워 울음으로 타는 것

전할 수 없는 말들이 달빛에 적셔져 출렁이는 것

밤마다 오로라를 건너 별들과 무등타기 하는 것,

기다리지 말자 하면서도

만남의 꿈 허망하다 하면서도

잊히지 않는 꽃술 찾아 떠도는 잎새들 푸르게

검푸르게 일렁이는, 아, 이룰 수 없는…

산이 하산하다

석양 무렵
내 어깨를 스치고 올라간 늦가을 햇살이
하늘이 울어도 울리지 않는다.* 는
수수만평 크고 너른 지리산을 안고
가만가만 내 뒤를 따라 내려오고 있다

두런두런 봉우리들 모두 거느리고 내려와
운봉마을 너른 벌판에 자리를 편다

어느 새벽, 천왕봉 목전에서 발길 내린 적 있었다
아쉬움에 오랫동안 눈가에 얹혀
내려오지 않던 그 산봉우리들

頭流十破牛脅*
죽은 소의 갈비뼈같은 두류산을
열 번이나 두루 오르내렸다는
남명의 발소리가 산그늘을 따라 내려와
물소리로 흐르는 뱀사골 지나 와운 마을

천년 송을 안아 보다가 정령치에 닿으니

구비쳐 흐르는 아득한 저 너머

키 큰 봉우리들 모두 내 눈높이로 내려와

두런두런 계곡에 발을 담근다

* 조선중기 유학자이자 영남학파의 거두 남명 조식선생의 싯귀를 빌림.

고산자를 생각함 2

그곳에 가면 그가 있다

눈꽃 소복이 피워 낸 키 낮은 나무들로

꿈 길 같은 수묵화 능선마다 걸어놓고

새 한 마리 살포시 벼랑 끝에 앉혀놓고

노송가지 휘 늘여 솔 우산 씌워놓고

골짜기마다 새 길 만들어 밑그림 그려 놓고

떠돌고 떠돌다가 바람이 된 사람

걷고 걷고 또 걷다가 산이 된 사람

취중 붓질

왕휘지난정서蘭亭叙를 따라 써 보다가

휙휙 그어진 가필 흔적

취중에 써 내려간 몰아의 행간에
머뭇거린 마음결 따라
잠시 행을 거슬러 벗어난 글자들 다잡아 세운 듯

본디 어느 것도
진서眞書가 아니었던 것을
이리 마음 쓰는 것은

취중이 아니어도
지우고 싶고 고쳐 쓰고 싶은 어느 행간
잘 못 그은 체 숨겨온 획들
내게도 있다, 아니 많다

만인의 총塚

그 안에 내 이름 석 자 없으면 어때요,

만인 중에 하나, 만사람 중의 단 한 사람,

일만 군사 중에 용맹한 한 군사로

싸워 싸워 피 무덤 이루던 날,

순순히는 죽을 수 없어 피 토하며 돌진하던

마지막 한 군사였던 나로 기억되고 싶을 뿐,

한 몸 불사른 흔적,

풀 한포기로 풀꽃 한 송이로 돋아 피고 싶을 뿐,

명화名畫 한 점

르누아르의 여인상은 대부분 르누아르를 닮았거나 엇비슷하거나 풍만하거나 요염하거나 친근한데 몇 년 째 내 머리맡에 다소곳이 앉아있는 요염하지도 풍만하지도 않는 소녀는 르누아르의 작품집에서 빠져 나와 내게로 온 후엔 아무데도 가지 않고 그냥 나랑 살고 있다

나는 이 아이가 좋아서 들며 날며 인사를 한다. 안녕! 아직도 그곳만 보고 있니? 지금은 봄인데 밖에 나가보고 싶지 않니? 애써 눈을 맞춰보려 하지만 아이는 여전히 한 곳만 응시한 채 대답이 없다

이렌느 카앙 탕베르의 초상,
어느 귀족의 여식이었음이 분명한데 그림 밑에 조그맣게 적혀 있는 이름은 발음상 소녀와 전혀 어울리지 않는다. 다소곳한 옆얼굴과 긴 금발머리…… 두 손을 가지런히 무릎위에 얹고 담쟁이 넝쿨인지 라일락 꽃가지인지를 배경으로 앉아있는 소녀를 날마다 바라보면서 생각한다. 명화名畫던 명시名詩던 名자를 앞세우려면 이렇게 오랫동안 사람마음을 붙들어 둘 수 있어야 한다고,

칠선계곡

초록이 징하다는 여자를 만났다
유월이 오면 그냥 꺽꺽 사무친다는
그녀의 초록 혐오증을 따라가 보다가 마주친
첩첩산하,

골짜기 메운 안개비가 흐물흐물
상처의 더께를 걷어내고 있는 언덕아래 작은 집터
총성이 울릴 때마다 숨죽이던
천하에 비루먹을 이념이라는 말, 불개미처럼
두드러기처럼 번져오던
그것들이 앗아간 생의 지붕
아버지, 아버지,

무성한 초록 산등성을 건너다보며
절레절레 고개 내 젓는 그녀의 등짝에서
뻐꾸기 소리가 난다

그때도 뻐꾸기는 그리 울고
초록이 징하게도 무성하였더라, 하고

억새 바람 속으로

억새가 대궁을 열고 얼굴을 내밀 때
그 뽀송한 눈빛으로 처음 본 세상

아름다웠다가 슬펐다가
그리웠다가 아팠다가
눈 감고 싶은 마음 갈래갈래 휘젓는 저 바람 속
보내고 보내고 또 보내고
떠나가고 또 떠나가도 그 자리

가을하늘은 너무 정직하게 파랗고 맑아서
내 사랑 숨겨둘 수 없네
저 수많은 억새꽃 송아리 송아리
그 어느 바람 갈피에 숨으면 될까
그 중 어느 한 대궁 속으로 스미면 될까

늦가을 황매산
만발한 억새 숲에 내 사랑 숨으려하네

아, 아,

　― 윤동주

속으로만 울다가 스러진 젊은 한 남자가
파도에 쓸려 떠내려갑니다
손잡아 줄 아무도 없는 망망대해로
그 남자 혼자 떠내려갔습니다.

아무도 들어주지 않았을 뿐
듣고 있지 않았을 뿐
속으로만 내뱉고 내뱉던
우렁 우렁 검은 비문같은 말들…

하늘 아래 땅 위
천만 번 제자리 맴도는 외마디
아, 아,…
차디찬 후쿠오카 형무소 골방에서 당신은 그날 그렇게
허공을 향해 소리치고
소리 한번 크게 지르고 가셨다지요

풀꽃 한 다발

풀섶을 헤치고
꼬불꼬불 비탈길 따라 내려가
붉은 무덤하나 덩그러니 앉은 산비알

쑥부쟁이, 구절초, 억새,
풀꽃 한 묶음 꺾어다 빗돌 앞에 놓았습니다
또 누가
구절초, 쑥부쟁이, 고들빼기…
풀꽃 한 다발 꺾어와 그 앞에 세워 놓았습니다
누군가가 또
쑥부쟁이, 구절초, 까치밥…
풀꽃 한 아름 안고 와 무덤에 기대어 놓았습니다

詩人 尹東柱 之墓

그 앞에 곡주 한 잔 뿌리고 엎디어 있는 시인들이
풀꽃입니다
구절초, 쑥부쟁이, 강아지풀, 모두 어여쁜 풀꽃들입니다

초례청이 오방색을 품던 날

하이얀 옥양목 한 필 풀어 쪽물 속에 담근다
서서히 물들어 가는
하얀 천의 씨줄 날줄들 경계를 허물며 침전하듯
받아놓은 잔칫날 수월수월 다가오면
쪽물 든 손으로 인절미를 빚고 초록 모시떡 빚어내던
햇볕 분주히 드나드는 늦가을 앞마당

포름한 옥색 두루마기에 사모관대 새신랑
초례청에 늠름히 세워지면
새 각시 다홍치마가 살포시 맛 물려
꼭두서니 홍화 적색으로 활활 타올라
창호문에 드리워지던 오방색의 휘장 속

청, 홍의 신랑 각시 홍조가
흥겨운 가락으로 해넘이까지 왁자하던…
그 마당가 도탑게 어우러지던,
서로의 색을 품고 와 서로에게 섞이던,

꿈, 발아發芽

헐벗은 백성들 따습게 살게 하고 싶어
홑옷에 떠는 백성들 두루 따뜻이 입히고 싶어
붓 뚜껑에 몰래 숨겨 온 목화씨 10개

바람 앞 등불처럼 아슬아슬
겨우 겨우 하나 눈 뜬 조그만 새싹
그로부터 700년

가만히 흙을 밀어 올리고 있는 저 어린 새순들
솜이 되고 솜옷, 솜이불 솜버선으로
파랗게 하얗게 자라나고 있다.

한 남자의 뜨거운 염원이 피어난 그때로부터
우리 무명옷의 변천사 한 눈에 펼쳐놓은 문익점 기념관에서
눈부신 발아의 신비를 들여다 본다
발아發芽…발아發芽
송이 송이
구름 꽃 사방에서 피어난다

4부

천년 울음
― 석순

결결이 흐르는 물길 곱게 무늬 진 깜깜한 동굴 안

수천 년 손 뻗어도 닿지 못하는 아득한 천공天空

종유석 타고 내리는 그대 그리움

눈물 방울방울

내 몸 적시네

젖어 오롯이 스며든 은빛 영혼

내 사랑 석순으로 자라 오르네

손 맞잡아 깍지 낄 그날까지

먼 먼, 그 시간까지

귀머거리로 청맹과니로 나, 살아야겠네

햇사과 향기

이웃집 문 선생이 건네준 햇사과 여 나무 개

겨우 한 바구니 건진 거
몇 알 먹어보라고 건네준

새가 쪼아 먹고 벌레가 파 먹고
비바람에 시달려 멍든 몸피
그래도 남 줄 거라고
그 중 좋은 거 골라 담았을 것이다

"남에게 줄 때는 그 중 좋은 걸로 줘야 하니라"

빨간 햇고구마 한 소쿠리 골라 담으며
땅 한 떼기 없는 집,
얼마나 햇것이 그립것냐, 하시며
총총 안고 가 식이네 댓돌위에 놓고 오시던 할머니 미소가
새콤달콤한 사과 향으로 번져 오는
가을 깊은 날

보르헤스의 미로 찾기

시집 한 권 통으로 읽는다

詩의 백미를 찾았다 싶다가
다시 미로찾기 게임에 빠진 듯 헤매다가
겨우 출구를 만났다 싶으면 다시 혼미

고전을 찢어 모으다가 먹물을 쏟다가
겨우 맑은 물꼬에 닿았나 싶으면 다시 허공으로 내빼는 말,
말의 유령들,

유령의 말 잔등에 걸터앉은 보르헤스의 부하들 헤치고
호랑이 굴에 들어서듯 다가서 보지만
난해의 터널 속, 미세먼지 자욱한 회색 도시
이쯤서 돌아서자 하는데
눈치 빠른 유령에게 꽉 붙들려 발목을 접질렀다

……아흐……나는 모르는게 너무 많아요

이쯤 고백하면 날 좀 놓아 주실건가요

불협화음

21세기의 그 남자는 나에게
사랑을 말로 설명하라고 다그치고
구석기 여자인 나는
돌칼로 새긴 내 사랑의 자국을 자꾸 감추려하고

그 남자의 머릿속에 갇힌 사랑은
콘트라베이스의 굵고 낮은 음을 밀어내고
장 피에르를 닮은 플룻 연주자의 입술을 훔치며
내 사랑이 모호하다고 투정을 부리고

그 남자는 기어이 내 가슴속 돌문을 밀고 들어와
벽화 속 돌가루를 자꾸 들춰 보려 하고
돌문을 부수고 들 앉으려하고

부스러진 흙 피듬 속에서
수억 년 전 상처를 읽어 내려 하고

내 사랑을 한사코 몸으로 보이라 하고

몽유도원 夢遊桃園

삐뚤빼뚤
쓰기공부를 하고 있는 아이가 깍뚜기 공책 칸칸이에
제 이름 석자 처음 쓰던 날,

멍멍 강아지 한 마리 들어와 놀고
노랑나비 한 쌍 팔랑 날아들던

감, 배 ,사과, 대추,…
아직도 삐뚤빼뚤 쓰기공부를 하는 아이가
평상위에 엎드려 두 다리 달랑거리며
깍뚜기 공책 속에 얼굴을 묻고 있는
옥잠화 연초록 새순 쏘옥 밀어 올리고 있는

삐뚤빼뚤 낮은 돌담아래 팔랑 팔랑
연분홍 복사꽃잎 떨어져 쌓이는…

변신은 죄가 되지 않는다

문어가 상어 떼를 피해
조개껍데기를 온몸에 뒤집어쓰고
돌무더기로 위장하고 있는 곁에 붉돔이
무채색의 몸통을 가만히 누이고 있다

물 밖으로 나오면 새빨간 몸빛이 유난히 빛나는 붉돔이
물빛과 바위 이끼에 기대어 천적을 피하는
바다 속을 들여다보다가 그래 그래 저기야 저기…

너무 투명해서 숨을 곳이 없는 날
첩첩 바다 속 모래무지 속으로나
너훌대는 산호초 곁가지 사이로나
숨어들고 싶은 날

집게발을 한껏 벌리고 다가오는 저
검붉은 털게의 몸통이
잠시 사이에 모래 빛으로 변하는 변신의 귀재들

살아 남기 위한 최선의 변신은 죄가 되지 않는다

눈부신 질주

어디로 뛰어갈지

어디로 날아갈지 모르는

두 살짜리 아이가 벗어둔

작은 신발 한 켤레,

고비사막도

알타이산맥도 훌쩍 건너 뛸 듯

발뒤꿈치 살짝 들고 출발선에 선

125밀리미터 작은 신발의 청색 라인

산굽이 돌아오다가
― 휴연정

함양계곡 옛 선비들 다투어 지어놓은 정자들 둘러보다가
시인묵객들 거쳐 간 천하절경 두루 돌아보다가
작으나마 내 마음속 정자에도 현판 하나 달아야지 하고
마음 정했다

몇 년째 나 혼자 지어놓고 맘속으로만 부르던
쉴 휴休, 산굽이 연, … 휴연정! 어때?
몇 번이고 내가 나에게 묻던
뫼山변에 입口와 달月이 합성된 한자어

산기슭의 나에게 이윽히 손 내밀고 말을 거는 달
옥편에만 있고
상용한자에 없는 산굽이 '연', 자를 굳이 고집한 건 그냥 내 맘
이다

검정 목판에 예서체 흰 글씨
돋을새김으로,
붉은 낙관은 작고 또렷하게,

오래된 공책

나 어릴 적, 한 어른이 들려주신 이야기가
오래된 공책 속에 적혀있습니다

월사금 낼 돈도 공책 살 돈도 없어
학교에 못 다닌 그 어른의 어릴 적 이야기

바람결에 날아든 신문지 한 장 보배인양 접어
가장자리 다 닳도록 활자 사이사이,
활자보다 더 새까매지도록 가, 나, 다, 라, …A, B, C, …
천자문, 명심보감, 그리고 시, 시, 詩
몽당연필 다 으스러지도록 쓰고 읽고 외우셨다던

가난도 밑천이니라, 저 보릿고개 휘돌아 부는 황사바람도
골짜기 벗어나 마주하는 낯선 갈림길도
저 하늘 별들도,
세상만물이 다 책이니라, 책 많이 읽어라

꿈은 시루봉보다 높게
광려천보다 더 맑고 푸르게 가지라 시던 그분 말씀,
내 오래된 공책 속에 빼곡히 적혀있습니다

>

　　나무가 되고 산이 되고 강물이 되어
　　머 언 먼 길, 나를 이끄신 그분의 이야기

호호청춘好好青春 1

쉰이면 아직 청춘이다
예순도 일흔도 이즈음엔

나잇값을 쳐 주지 않는다

애들아 우리 그냥 초딩으로 돌아가 살자, 반백년 헐벗은 강토를 살아 낸 60년대 아이들, 시루봉, 상투봉, 두척산, 부처바위 둘러친 골 깊은 자그만 산골 학교 느티숲, 동그란 하늘 아래 남향받이 너른 운동장 가로지르며

연이도 남이도 호호호 웃으며 나이를 버린다

버겁게 살아온 시간들, 색동옷 입혀 날려 보낸다

석이도 만이도 북풍을 막아주던 서어나무 껴안고 돌며

잘 자라 주었구나, 잘 견뎌주었구나

우리도 그렇게 견디며 살았단다.

호호청춘好好靑春 2

순아,

새침때기 공주같은 니 맘 얻을라꼬 내가

너거 집 앞에서 얼매나 서성댔는지 아나?

그랬나?

나도 그랬다.

그래도 말 못했다.

첫사랑 순이랑 호야가 석양머리에 마주섰다

그렇구나,…

그랬구나,…

동굴유람

　이왕이면 세상에서 제일 크고 넓고 깊은 곳으로 가 보자 박쥐
여 오늘 밤 나를 데려가 다오 선둥 동굴* 깊숙한 곳으로 날 데려
가 거기 한가운데에 내려놔 다오 나 밤사이 동굴 책 읽고 쓰고 베
끼며 놀다가 끝내는 돌아오지 못한대도 좋을 것이므로 가장 키
큰 석순에게 다가가 세상 이야기 전해도 좋고 그냥 바라만 보아
도 좋을 것이니 날 저무는 것, 날 새는 것, 몰라도 좋을 저 깊은
동굴 속에 들어 서너 달 눈 딱 감고 깜깜한 천장에 깃든 이끼나
더듬으며 붉은 박쥐랑 살거나 작은 동굴 하나 세 내어 아예 주저
앉아 천국도 지옥도 없는 세상 살아볼 것이네

　* 선둥 동굴 : 베트남의 퐁냐케방 국립공원 안에 있는 세계에서 가장 큰 동굴.

5부

비탈길

그 언덕은 항시 위태로웠다 내가 기대기엔

너무 가파르고 비탈져 있어 가지 말아야 했던 그 길,

너무 희어서 아팠던 날의 찔레꽃,

찔레꽃 덤불사이로 너를 본다. 내가 놓친 것,

네가 놓아버린 꿈의 맨 끝자락이

아직도 거기 걸려 있다. 하얗게 찔레꽃으로 피어있다

서로에게 반딧불 하나 밝히지 못해

가난조차도 사치였던 시간 저 너머 빗물 머금은 풀 비탈길,

빛나던 꽃들도 새들도 다 이사 가고 없는

수북수북 억새들만 자라고 있는,

맛있는 손님

잠이 달고 맛있다, 모처럼의 단잠
언제부터 내가 내 잠에게
미각을 입히기 시작한 것일까
달고 시고 쓴 수많은 잠의 시간들
지독한 불면을 밀어내고 어느 새벽
봄비처럼 찾아온 손님, 가지 말라고
그 손님 손 꼭 잡고 숲속을 거닌다

나비와 꿀벌과 풀무치의 웅얼거림
흙의 잠을 털고 나온 새싹들의 연둣빛 지저귐
나뭇가지 사이로 숨어 지줄대는
곤줄박이의 투명한 날갯짓을 따라 걷는다

오는 잠을 쫓으며
두 눈 부릅뜨고 달려온 젊은 날의
내 고단한 선잠들도 불러 아랫목에 누이고
도란도란 옛이야기 들려주고 싶은 날의
맛있는 손님,

딱새 다큐멘타리

정지문 앞 선반 한 칸을 차지한 녀석들은 3년째 오월만 되면 제집처럼 들어와 지푸라기둥지를 짓고 알을 깐다 이번에는 키 높이 선반 둥그런 노끈뭉치 한가운데다 자그마치 일곱 남매를 낳아놓고선 아비 어미 번갈아 들락날락 벌레를 물어다 새끼들을 키우는데 사람의 母性도 父性도 이만하기 어렵겠다

드디어 둥지를 뜨는 날, 튼실한 형제들 차례로 숲속으로 날아 간 뒤 맨 나중 깨어난 막내, 폴짝 땅바닥에 내려 뒤뚱거리다 포르르 날아오른다는 게 그만 측백나무 잔가지 사이에 끼고 말았 다

아뿔사, 이럴 어쩐다. 한 입 가득 먹이를 물고 온 어미는 꼬리 를 흔들며 휘리릭 휘리릭 안절부절,…눈만 말똥말똥 두려움에 차 있는 아기새에게 가만히 다가가 손가락으로 가지를 살짝 젖 혀주자 포르르 날아 소나무가지 위에서 어미새와 상봉, 오물오 물 먹이를 받아먹고는 부리를 맞대고 좋아라하더니 숲속으로 휘 리릭!…아주 잠깐 사이에 다큐멘타리 한 편 찍었다

소천지 小天池

제주 올레길 6코스를 역순으로 걷다가 만난
참 이쁜 숲길,
아, 이런 길이라면 몇 날이고
아니 몇 천 일을 걸어도 좋겠다. 하면서 다다른 해변에
백두산 천지를 꼭 빼 닮은 소천지가 있다

백두산천지가 용트림할 때
제 모습 닮은 새끼 하나 아기바구니에 태워
바다로 훅, 띄어 보냈겠지
갈비뼈 하나 뚝 뽑아 포대기에 싸 보내며
가서도 잊지 말거라
잊지 않고 살면서 가슴에 천지를 품으면
그 모습 아비에게 닿을 것이니
땅 끝까지 탯줄 이어져 있으니

백두와 한라가
장백이 정방이
한 몸 되어 솟아오를 날 있을 것이니…

호스트레킹
— 차마고도 1

내 몸은 말과 일치하지 못하고 자꾸
공중으로 튀어 오른다

호스 트레킹!
말고삐를 잡아본 적도 없는 내가 말을 타고
저 험준한 산맥을 올랐다고 하면
누가 믿겠는가,

마방들이 쉬던 곳,
잠자던 곳
먹거리 다듬어 오순도순 챙겨먹고
길 떠날 준비 하던 차마 객잔,

먼 설산에 화면을 올리고
영화 한 편 본듯
손바닥이 땀으로 축축하다

구름 위를 걷다

── 차마고도 2

이 길은 분명 내가

내 맘대로 가는 길 아니다

누군가가

이 험산에 나를 올려놓고

흔들고 있는 것이다

산을 흔들고

강을 흔들고

구름을 바람을

마구 마구 흔드는 것이다

내가 아닌 누군가가

나 대신 걷고 있는 것이다

호도협
— 차마고도 3

대낮에도 푸른 별들이 파르르 떠 있는 설산은
자주 얼굴을 바꾼다
푸르렀다가 휘뿌였다가…
천길 구름을 뚫고 치솟았다가
굽이치다가…

곁인 듯
멀리인 듯
바라만 보아도 아슬한 호도협

어느 생엔가는 내가
호랑이 잔등을 타고 저 협곡을
훌쩍 건너 뛰었을지도…
말을 타고 이 길을 아슬아슬 지났을지도…

아차, 한 발짝 실족, 저 호도협을 흘러
여강까지 떠내려갔을 지도…

은빛 춤사위

― 차마고도 4

초열흘,
반쯤 부른 배를 내밀고
하얀 달이 설산위에 올라섰다

달은
함지박 만한 몸을 반쯤 구부리고 별들을 불러 모은다

60W LED 전구들이 밤하늘에서
빙글빙글 춤을 춘다

쨍! 쨍!
별들의 날개 소리
부딪히는 음절마다
톡, 톡, 얼음조각 부서져 내린다

별빛 달빛, 모두 은빛 춤사위다.

개밥바라기 별
— 차마고도 5

젖은 손을 이마에 얹어 별과 눈을 맞추던 연자가
어느 날 집 나가 흔적이 없다던 그 연자가
저기 설산 기슭에 개밥바라기 별로 떠서
나를 내려다 본다

차마고도, 전기가 들지 않는 객장 난간
산빛이 으슴프레 이윽해지는 초저녁 설산 기슭에
반짝, 하고 개밥바라기별 까치발로 선다
너 였구나
내 어린 적 울보 친구, 연자 너 였구나

늦가을 산촌의 저녁이 이울어
정지문 틈새로 개밥바라기별 반짝, 눈길을 보내올 때
설거지통을 비우러 나온 연자가 개밥그릇에 개밥을 부어준다
이빨 빠진 사기 투가리에 주둥이를 박고 누렁이가
첩, 첩, 첩,…맛있게 저녁밥을 먹는다. 쓰담 쓰담
개의 목덜미를 쓸어주던 연자의 가녀린 허리가
쭈욱 세워지면 그제사
이마에 와 닿던 별,

옥룡설산
— 차마고도 6

1% 모자란 아이 연자는
늘 아이들에게 놀림당하며
징징징 울면서 자랐다

남의 집에 얹혀살며 궂은일 도맡아하던 연자가 소먹이 동산에
황소고삐를 쥐고 나타나면 아이들은 일제히 연자네 황소를 향해
돌팔매를 날렸다 연자네 힘센 황소가 암소들을 괴롭힌다는 그
한 이유와 또 하나 너무도 만만한 연자를 향해…

파아란 풀밭, 소들이 있는 풍경너머
외따로 쫓겨나 울던 연자의 눈물이
호도협, 구비치는 강물을 거슬러 올라
방울방울 보석으로 박혀있는 옥룡설산
차마고도에 와서 옛 친구의 눈물을 보네
나를 보네

그들은 아직 그곳에 있었네요
― 발해기행 1

바람으로 살아 있었군요
그림자로,
억새바람으로,
그들은 아직 그곳에 살고 있었네요

수수거리는 수수밭 이랑 이랑
바람으로 그림자로 다시 일어서네요

걷다가 뛰다가 지쳐 잠든 유민들 이끌고
거칠 것 없어라 달리던 중원의 군사들
뼈와 살을 내려놓고 거기 모여 있네요

가도 가도 허허한 벌판
뺏고 빼앗기던 전선의 고지마다
검은 새떼들 우우 몰려와 우짖던 곳

그곳에서 꿈꾸고 있었네요
우리가
우리로 와서 손잡아 줄 때까지
손잡아 일으켜 토닥토닥 눈물로 안아주기
기다리고 있었네요

거기 내가 있습니다
— 발해기행 2

옥수수 밭 수수만평 이어 달리는 북간도 만주벌판
둥둥 북소리 울리며 진군하는 군사들
말발굽소리…소리 …소리

그 뒤를 따라 남부여대
물결인 듯 흘러가는 무리 속에 내가 보입니다

옥수수 한 대 꼭 쥐고 한 손으로
오마니 치맛자락 꼭 붙잡고 타박타박
때 절은 무명옷에 아픈 다리 질질 끌며

장춘발 연길행 CRH 차창 밖으로
흙먼지 뿌우연히 날리며 날리며…
우렁찬 함성 산등성을 흔드는 거기

꾀죄죄 겁먹은 어린 아이 내가 보입니다
넘어졌다 주저앉았다 칭얼칭얼
업어달라 조르는 세 돌배기 아이 내가 보입니다

명화의 맛

박수근 미술관에서
바싹 마른 굴비 두 마리 얻었다

너무 많은 사람의 눈길에 짠맛이 다 없어진
얄팍한 굴비를 가방 속에 넣고는
'아기 업은 소녀'와
'빨래터의 여인'들을 졸졸 따라다니다
잔디밭에 앉아
오는 이 가는 이 푸근히 바라보는
화가의 흉상에게 인사 건네고 돌아와
찬 없는 저녁밥을 혼자 먹는다

꽁꽁 묶였던 자국 선명한 에고,
너무 바싹 말라
구워도 삶아도 맛이 우러나지 않을 것 같은
굴비 두 마리 들여 다 보는데
금세 밥그릇이 다 비었다

명품하나 제대로 먹어치운 저녁 답
이제사 고소하고 짭짜름한 맛이 입안에 고인다

안개를 만지다

산허리를 돌아 내려가는데
안개가 길을 막는다

발길 멈추고 가만히 안개의 말을 읽는다
묵묵한 안개의 말
안개 알갱이들을 두 손으로 퍼 담아
한 입 가득 머금어 본다. 달달하다

밍밍할 거라던 생각은 오래전 느낌

안개에 갇혀 오도 가도 못한 적 있었다
갈림길도 샛길도 없는 막막한 골짜기에서
허우적이며 헤맨 적 있었다

그때는
내가 안개에게 먹힌 것이었고
지금은 내가 안개를 먹는 중

모든 것의 기원으로서의 사랑을 노래하다

권 온 문학평론가

모든 것의 기원으로서의 사랑을 노래하다

권 온 문학평론가

    물기 가득한 시가 있다. 촉촉한 시가 여기에 있다. 김현지의 시에는 감성이 가득하다. 시인의 시를 읽는다는 것은 흘러가는 느낌을 존중한다는 말과 다르지 않다. '감성'과 '느낌'이 넘치는 그녀의 시 세계에서 독자들이 발견할 수 있는 보석 같은 영역으로는 '사랑'이 있을 게다. 김현지의 시에는 '삶'과 '죽음'의 교류가 별처럼 반짝인다. 또한 시인의 작품에는 '현실'과 '꿈'의 조화가 꽃처럼 향기롭다.

    스콧 피츠제럴드F. Scott Fitzgerald는 "내가 그녀를 사랑하면서 모든 것이 시작되었다.(I love her and it is the beginning of everything.)"라고 이야기한 바 있다. 그렇다. 사랑은 모든 것의 기원이다. 사랑이 없다면 아무 일도 일어나지 않는다. 이 글은 사랑을 알고 싶은 독자들에게 김현지의 새 시집 『꿈꾸는 흙』을 추천한다. 우리는 시인의 시를 읽으며 사랑을 배울 수 있고, 삶을 되돌아볼 수 있으며, 현실을 깨달을 수 있을 테다.

거꾸로 선 나무들이 일렁일렁

구름사이로 흔들리고 있는

송광사 가는 길, 녹조 짙은 계곡

물길 속에 나를 내리고

일렁여오는 산사의 종소리도 물속으로 내리고

거꾸로 걷는 사람들을 따라 걷는 늦가을 단풍 길

물그림자 사이로 낙엽들 둥둥 휘 내려 떠도는

저기가 무량겁 꿈속이라면

이승의 꿈은 너무 멀거나 가깝거나

저 높은 산꼭대기거나 발밑이거나

마주 보이거나 아주아주 보이지 않거나,

— 「거꾸로 보는 세상」 전문

　시적 화자 '나'는 지금 어디에 있는가? 이 시에서 '나'의 위치를 가리키는 구체적인 단어로는 '송광사'를 꼽을 수 있다. '송광사松廣寺'는 전라남도 순천시 송광면에 있는 조계산 자락에 자리하는 절이다. 송광사는 신라 말 혜린慧璘선사에 의해 창건되었다고 전해지는 유서 깊은 사찰寺刹이다.

　'나'는 지금 "송광사 가는 길"에서, "늦가을 단풍 길"에서 무엇을 하는가? '나'는 송광사로 향하는 그 길을 '저기'로 부르며 '무량겁 꿈속'으로 규정한다. '무량겁無量劫'은 '헤아릴 수 없는 긴 시간' 또는 '끝이 없는 시간'이다. 일상의 시간이 흐르지 않는 송광사는 세속의 공간이 아니다. 그곳은 '꿈속'과 다르지 않다. 거기는 '이승의 끝'일 수 있다.

김현지에 따르면 '이승의 끝'은 '이승'과 다르면서도 비슷하다. 시인에 의하면 '이승의 끝'은 우리가 살아가는 '이승'에서 멀리 떨어져 있거나 가까울 수 있다. "저 높은 산꼭대기"에 위치한 송광사는 '발밑'이 친숙한 세속의 땅과 연결될 수 있다. 독자들은 이 시를 읽으며 '보이'는 세계와 '보이지 않'는 세계가 겹쳐진다는 것을, '바로 보는 세상'이 "거꾸로 보는 세상"과 다르지 않음을 깨닫게 된다.

그 마음속 물샐 틈 없는 사랑이면 온다

그 마음 명경같이 맑으면 기어이 온다

잊지 않았으면,

잊히지 않았으면 언젠가는 꼭 온다

마음밖에 사립문 열어놓고

가슴속 복사꽃 이지러질 때까지

백치처럼 아둔하게

춘향이 마음처럼 일편단심이면 온다

그래, 그래, 그 마음 천지간에 그대로

죽어도 한 마음이면 그 사랑 다시 온다.
　　― 「참 사랑은 백치 같아야」 전문

　거의 모든 사람들이 '사랑'이 가진 힘에 대해서 공감할 수 있을 것이다. 우리는 늘 '사랑'에 목마르고 '사랑'을 확인하고자 노력한다. '사랑'은 과연 무엇일까? '사랑'의 본질을 향한 탐색과 천착은 동서고금의 수많은 예술에서 이루어져 왔다. 김현지의 이 시 역시 그러한 예술의 선례를 충실하게 따르고 있다. 독자로서는 시인이 안내하는 사랑의 미로를 꿈꾸듯 뒤따를 일이다.

　김현지가 이해하는 사랑은 우선적으로 "마음속 물샐 틈 없"어야 한다. 또한 사랑은 "그 마음 명경같이 맑으면 기어이" 도달하는 속성을 지닌다. 시인은 사랑을 치밀하고 맑은 성질로서 이해하고 있는 것이다. 독자들로서는 이어지는 3연과 4연에 주목할 일이다. 김현지에 의하면 사랑을 잊지 않고, 사랑이 잊히지 않는다면 그것은 "언젠가는 꼭 온다." 우리들 기억 속에 사랑이 남아 있는 한 사랑은 결코 사라지지 않는다.

　시인이 펼치는 사랑의 열도는 7연 이후에 더욱 고조된다. 사랑의 당사자는 이제 '춘향'이 되고, '백치'가 된다. 춘향과 백치

가 쏟는 '마음'은 아둔함에 가까운 '일편단심'일 수 있다. 그것은 죽음도 갈라놓을 수 없는 '한 마음'일 테다. 김현지는 동사 '온다'를 5회 반복함으로써 '사랑'의 절대성을, '사랑'의 불멸성을 노래한다. 이 시는 '사랑'을 위한 헌사獻詞이고, '사랑'을 향한 송가頌歌이다.

동그랗게 몸 구부리고 허공에 밭을 가네

반짝이는 집 한 채 나뭇가지에 걸어놓네

사방에서 하루살이 날아와 밥상머리에 앉네

하루살이,

하루만 살아도 수수백년

백년을 사는 사람도 때로는 하루살이

허공에 집 한 채 짓고 망망대해

노을빛 부시게 노 저어가는 거미의 은빛투망
— 「거미」 전문

허공에 그물을 쳐서 집으로 삼고 그곳에서 먹이를 잡는 '거미'

의 모습은 오래전부터 많은 예술가들에게 영감靈感을 제공하였다. 김현지가 거미를 대상으로 시를 쓰게 된 까닭도 이와 다르지 않을 게다. 시인의 시가 갖는 개성이 있다면 '거미'와 함께 '하루살이'를, 또 '사람'을 도입하고 있다는 사실과 관련된다. 여기에서 '하루살이'는 일차적으로 '거미'의 먹이인 동시에 '사람'의 자화상自畫像이기도 하다. 김현지는 독자들에게 '하루살이'의 '하루'가 '사람'의 '백년'과 다르지 않음을 보여준다. 그물로 "허공에 집 한 채"를 지은 '거미'는 '망망대해'를 헤쳐 나가는 중이다. 우리는 '거미'의 '망망대해'와 '사람'의 '고해苦海'가 서로 연결될 수 있음을 깨닫는다. 시인은 '하루살이'를 보며 '사람'을 떠올리기도 하고, '거미'를 보며 '사람'을 생각하기도 하였다. 성찰과 각성의 계기로서의 시가 여기에 있다.

부처님 오신 날
산으로 절로 나들이 가는 사람들
드문드문 떡을 사는 반월떡집 아침풍경이 밝다

떡 방앗간 쪽방에서 쪽잠 자며
새벽마다 혼자서 떡을 빚는 내 친구 끝연이는
손 하나가 없다. 어느 젊은 날
방앗간 피대가 앗아간 왼손
그 왼손이 되어줄 아무도 곁에 없다.

"적응이 되더라 아무것도 못할 것 같더니만 어찌어찌하다보

니 한 손으로도 되

　더라 시집와서 이날까지 눈물로 빚어낸 떡가래가 만리장성인
데, 바쁠 때는 손이

　열 개라도 모자랄 판에 남편도 자슥도 먼저 보낸 팔자가 호구
지책 놓치 못하는

　이 떡방앗간 내력, 어찌 필설로 다 하것노…"

　초파일 늦은 오후

　연등그림자 화사히 흔들리고 있는 절 마당

　천수관음으로 현신現身한 끝연이를

　불두화佛頭花가 환하게 감싸 안았다

　　　― 「천수관음千手觀音」 전문

　간혹 방앗간에서 일하다 손가락을 다쳤다는 사연을 접하는
경우가 있다. 김현지가 이 시에서 주목하는 인물 '끝연이'도 그
러한 사례에 속한다. 시적 화자 '나'의 친구인 끝연이는 '손'이 하
나 없다. '손가락' 하나가 없어도 큰일인데 '손' 하나가 없다는 것
은 생각만으로도 끔찍하다. 방앗간의 피대皮帶 곧 벨트belt가 끝
연이의 왼손을 앗아갔다. 맛있는 떡을 만드는 방앗간에서 이런
비극이 발생한다는 사실은 충격적이다.

　전4연으로 구성된 이 시의 흐름은 단일하지 않다. 1연은 밝은
기운으로 가득하다. 성인聖人이 태어난 날을 맞아 사람들은 떡을
사서 야외로 나들이 간다. 2연에 들어서면 결핍의 분위기가 조
성된다. '왼손'을 잃은 '내 친구 끝연이'에게는 "아무도 곁에 없"

기 때문이다. 3연은 '끝연이'가 '나'에게 털어놓는 속마음이다. 그녀는 '나'에게 "남편도 자슥도 먼저 보낸 팔자가 호구지책"으로 부여잡은 게 '방앗간의 떡'이라고 말한다. "눈물로 빚어낸 떡가래가 만리장성인데"에 담긴 끝연이의 슬픔을 그 누가 짐작할 수 있을까? 1연의 플러스 지향은 2연에서 마이너스 지향으로 전환되고 3연에 이르러 비극은 심화되었다.

　작품의 마무리에 해당하는 4연은 플러스와 마이너스가 조화를 이룬다는 점에서 유의미하다. '천수관음千手觀音'은 칠관음七觀音의 하나로서 중생衆生을 지옥의 고통에서 벗어나게 해 주며 소원을 이루어 준다고 알려져 있다. 김현지는 "천수관음으로 현신現身한 끝연이"라는 어구를 제시함으로써 왼손이 없는 그녀를 따스하게 위로한다. "불두화佛頭花가 환하게 감싸 안았다"라는 4행은 이 시를 마감하는 진술로써 부처님의 자비慈悲를 끝연이에게 또 '나'에게 또 독자들에게 환하게 물들이는 중이다.

　　아침나절 만들어 세운 눈사람이 햇살 내려 비치니

　　눈썹 하나 뚝 떨어지고 코가 기우뚱 흘러내린다.

　　방긋 웃던 입술도 일그러졌다

　　녹는다. 햇살에,

　　눈사람에게도 영혼이 있어 어디 먼 길 가려하는지

방울방울 물방울 되어 대지로 스미는 눈사람의 몸

봄눈 오는 날 꽃상여타고

눈사람처럼 사라져간 어린 날의

내 할머니 주름진 미소 눈꽃으로 흩날려오는 산야

나풀나풀 눈 나비되어 날아오르는 눈사람의 혼령
　　ー「눈, 사람」 전문

　하늘에서 내리는 '눈snow'을 바라보며 많은 사람들은 설렌
다. 어린이는 강아지처럼, 어른은 어린이처럼 설렌다. '눈사람
snowman'이 우리에게 제공하는 이미지 또한 '눈'의 그것과 다
르지 않다. 사람들은 눈사람을 만들고 눈사람을 바라보면서 동
심童心으로 돌아간다. 눈사람은 사람들에게 근원으로 돌아갈 수
있는 힘을 북돋는다. 그것은 순수로 회귀할 수 있는 특별한 티켓
ticket일 수 있다.
　이상한 일이다. 마냥 아름다울 것만 같던 눈사람에 슬픈 기색
이 돈다. 눈부신 햇살에 눈사람의 신체 일부가 떨어지고 흘러내
리며 일그러진다. 이 좋은 봄날, 누군가는 태어나고 누군가는 사
랑을 한다. 또 누군가는 "어디 먼 길 가려하는지"도 모른다. 다
자란 어른으로서의 시적 화자 '나'는 눈부신 "봄눈 오는 날 꽃상

여타고// 눈사람처럼 사라져간 어린 날의// 내 할머니"를 떠올린다. 김현지는 지극한 아름다운 풍경 속에서 피어나는 슬픔의 회오리를 독자들과 감각적으로 공유한다. 인간과 눈사람의 교감이, 살아있는 이와 죽은 이의 조응이 뜨겁게 움직인다.

그대 오시게

다과 한상 조촐히 차려 두었으니
대문 중문 다 열어 두었으니

마당가에 드문드문 놓인 댓돌
하나 둘 밟아 들면
매무새 좋은 그네 한 쌍
매어져 있으니

산봉우리 감도는 새털구름
골짜기 내려서는 산들바람 목에 두르고
휘파람, 휘파람 불면서 그대 오시게

옥색 두루마기 꽃 대님 매고
곱게 물든 산국山菊 한 아름 꺾어들고

그대 천천히 서둘러 오시게.
— 「가을 초대」 전문

김현지는 시의 본질적 속성을 잘 꿰뚫고 있다. 시인은 시와 음악이, 시와 노래가 언젠가 하나였음을 잘 알고 있다. 그녀는 시에서 음악성을 이루는 요소로서의 리듬을 적절하게 활용한다. 김현지는 리듬의 핵심을 담당하는 속성이 반복임을 간파하고 이를 적극적으로 사용한다. 전 6연으로 구성된 이 시의 1연은 "그대 오시게"이다. 4연 3행에 이르면 "그대 오시게"가 다시 등장하고, 6연에 닿으면 "그대 천천히 서둘러 오시게."로 변주된다. 반복과 변주의 시학詩學을 마음껏 구현하는 시인의 스타일이 매력적이다.

김현지는 여기에서 '그대'를 초대하고 있다. 이 시를 읽는 독자들에게도 '그대'가 있을 테다. 우리는 각자의 '그대'를 소환하여 이 시를 읽어 볼 일이다. 시인이 기다리는 '그대'의 주위를 회전하는 어휘 중에서 '다과 한상', '대문 중문', '마당가', '댓돌', '그네', '새털구름', '산들바람', '두루마기', '대님', '산국山菊' 등이 눈에 띈다. 이들 어휘를 조합하면 한 폭의 '동양화東洋畫'가 완성된다. '그대'는 '이승'이 아닌 '저승'에, '차안此岸'이 아닌 '피안彼岸'에 위치하는 존재일 게다. 작품을 마무리하는 6연의 진술 "그대 천천히 서둘러 오시게."에는 그대를 향한 시인의 마음의 넉넉히 담겼다.

그 모습 딱 한번만 마주보자 해도

가을을 건너 가버린 꽃들은 돌아서지 않아

잎은 꽃피던 날의 기억도 아예 지우기로 한다

사랑은, 어느 날 황망히 다가오는 것

가슴에만 담아 두기 버거워 울음으로 타는 것

전할 수 없는 말들이 달빛에 적셔져 출렁이는 것

밤마다 오로라를 건너 별들과 무등타기 하는 것,

기다리지 말자 하면서도

만남의 꿈 허망하다 하면서도

잊히지 않는 꽃술 찾아 떠도는 잎새들 푸르게

검푸르게 일렁이는, 아, 이룰 수 없는⋯

— 「상사화相思花」 전문

이 시의 제목이기도 한 '상사화相思花'는 수선화과의 여러해살
이풀을 가리킨다. '상사화'는 풀이고, 꽃이며, 식물이지만 이를
넘어선다. 그것은 동시에 '상사相思' 곧 서로 생각하고 그리워함
을 의미한다. 누군가를 생각하거나 그리워한다는 것은 그 대상
을 사랑한다는 말과 다르지 않을 테다. 김현지는 '사랑'을 어떻

게 규정하는가? 시인은 사랑을 '~는 것'의 다양한 형식으로 정의한다. 그녀에 의하면 사랑은 '울음', '달빛', '오로라', '별들'과 연결되면서 강렬하게 다가온다. 사랑하는 이와의 만남은 때로 허망한 꿈일 수 있으나, 우리는 사랑이라는 이름의 이룰 수 없는 꿈을 쉬이 포기할 수 없다. 삶은 다른 무엇보다도 사랑이기 때문이다.

이 길은 분명 내가

내 맘대로 가는 길 아니다

누군가가

이 험산에 나를 올려놓고

흔들고 있는 것이다

산을 흔들고

강을 흔들고

구름을 바람을

마구마구 흔드는 것이다

내가 아닌 누군가가

나대신 걷고 있는 것이다
— 「구름 위를 걷다 —차마고도 2」 전문

시적 화자 '나'는 길 위에 있다. 이 시를 읽는 독자들에게도 각자의 길이 있을 게다. 시인은 '나'의 길을 입체적으로 형상화한다. '나'는 '험산險山'에 위치한다. 신기하게도 '나'는 '누군가'를 느낀다. '나'는 '누군가'가 자신을 험산에 올려놓고 흔들고 있다는 생각을 지우기 힘들다. 그 '누군가'는 '거인巨人'일 수도 있고 어쩌면 '신神'일지도 모른다. "산을 흔들고// 강을 흔들고// 구름을 바람을// 마구마구 흔드는" 존재는 '절대자絕對者'임에 틀림없다. '나'는 '이 길'의 주체가 '나'가 아닐 수 있음을 예감한다. '나'는 이 길이 "내 맘대로 가는 길 아니다"라는 자각에 도달한다. '나'는 "내가 아닌 누군가가// 나대신 걷고 있는 것"을 인식한다. '나'는 이제 '산' 위를 걷고, '강' 위를 걸으며, "구름 위를 걷"는다. '나'는 이제 '산'이자 '강'이며 '구름'이다. '차마고도'에서는 '나'와 '자연'이 하나 되는 기적이 일어난다. 우리도 떠나 볼 일이다.

김현지의 새 시집을 고찰하였다. 「거꾸로 보는 세상」에서 시인은 '성聖'과 '속俗'의 공존을 보여주었다. 그녀는 「참 사랑은 백치 같아야」에서 반복의 기법을 활용하면서 '사랑'의 절대성 또는 불멸성을 노래하였다. 「거미」는 성찰과 각성의 계기로서의 시로

평가할 수 있다. 「천수관음千手觀音」은 부처님의 자비로 독자들을 환하고 따뜻하게 물들인다. 「눈, 사람」을 읽으며 우리는 지극한 아름다운 풍경 속에서 피어나는 슬픔의 회오리를 감각적으로 공유할 수 있다. 김현지는 「가을 초대」에서 시의 음악성을 이루는 요소로서의 리듬을 적극적으로 활용한다. 「상사화相思花」에서 시인은 '상사相思' 곧 서로 생각하고 그리워함이라는 의미를 포착하고 사랑과 삶의 본질을 탐구한다. 「구름 위를 걷다 —차마고도 2」에서 시적 화자 '나'는 '산'과 '강'과 '구름'이 된다. '나'와 '자연'이 하나 되는 기적이 일어나는 그곳을 찾아보자.

빅토르 위고Victor Hugo에 따르면 "삶이 꽃이라면 사랑은 꿀이다.(Life is the flower for which love is the honey.)" 삶의 핵심에 사랑이 위치한다는 사실을 감각적이면서도 아름답게 표현한 빅토르 위고의 재능에 감탄하게 된다. 우리는 늘 삶이라는 이름의 꽃을 제대로 키우기 위해서 분투한다. 우리가 삶이라는 이름의 꽃을 온전히 유지하기 위해 노력하다 보면 간혹 사랑이라는 이름의 꿀과 조우할 수 있다. 이 글이 김현지의 새 시집을 권유하는 이유도 삶, 사랑과 무관할 수 없다. 시인의 시는 달콤한 꿀을 머금은 신선한 꽃이다. 그녀의 화원花園이 나날이 번창하기를 기원한다.

김현지 시집

꿈꾸는 흙

발   행 2021년 3월 18일
지 은 이 김현지
펴 낸 이 반송림
편집디자인 김지호
펴 낸 곳 도서출판 지혜 · 계간시전문지 애지
기획위원 반경환 이형권
주   소 34624 대전광역시 동구 태전로 57, 2층 도서출판 지혜 (삼성동)
전   화 042-625-1140
팩   스 042-627-1140
전자우편 ejisarang@hanmail.net
애지카페 cafe.daum.net/ejiliterature

ISBN : 979-11-5728-432-0 03810
값 10,000원

김현지

김현지 시인은 경남 창원에서 출생했었고, 동국대학교 문예창작학과를 졸업했으며, 1988년 『월간문학』 신인상으로 등단했다. 시집으로는 『연어일기』, 『포아풀을 위하여』, 『풀섶에 서면 내가 더 잘 보인다』, 『은빛 눈새』, 『그늘 한 평』 등이 있고, '동국문학상'과 '시인들이 뽑는 시인상'을 수상했다. 현재 국제펜 한국본부이사, 한국문인협회 우리말가꾸기 위원회 위원, 한국시인협회회원, 유유동인, 향가시회 동인으로 활동을 하고 있다.

김현지의 여섯 번째 시집 『꿈꾸는 흙』에는 감성이 가득하다. 시인의 시를 읽는다는 것은 흘러가는 느낌을 존중한다는 말과 다르지 않다. 김현지의 시에는 '삶'과 '죽음'의 교류가 별처럼 반짝인다. 또한 시인의 작품에는 '현실'과 '꿈'의 조화가 꽃처럼 향기롭다.

이메일 : poapull@hanmail.net